SCENE.

L'HYMEN *feul.*

Uoi fera-t-il dit que le feul nom de l'Hymen eftrayera toujours les plaifirs ! ne regnerai-je jamais qu'en tiran fur les cœurs !

AIR. *Quand le péril eft agréable.*

> Trop long-tems mes loix inhumaines
> Ont fait violence aux defirs,
> Chargeons déformais les plaifirs
> De me forger des chaînes.

Pour faire l'effai de ce nouveau projet, j'ai réfolu d'unir la jeune Rofette au plus aimable Berger de ce Hameau, mais fous ce déguifement, empruntant la forme de l'intérêt, je veux éprouver la jeune Bergere, & voir par moi-même fi fon cœur eft digne du choix que j'ai fait en fa faveur.

FIN.

LE MIROIR

MAGIQUE,

OPERA COMIQUE

EN UN ACTE.

24.

AVERTISSEMENT.

CETTE Piéce a paru en 1720. en trois Actes, d'abord en Profe, & depuis, mêlée de Profe & de Couplets, fous le titre de *la Statue Merveilleufe*. On a cru la rendre plus piquante en la réduifant en un Acte, & en la débaraffant d'une intrigue qui eût paru peut-être aujourd'hui ennuyeufe ou du moins inutile. C'eft ce qui a obligé de fupprimer bien des Scenes, de donner un nouvel arrangement à celles qui fubfiftent, de changer quelques anciens Couplets, en confervant les penfées, & enfin d'en fabriquer de nouveaux pour la liaifon : Les principaux changemens font marqués en marge par une étoile

LE MIROIR
MAGIQUE,
OPERA COMIQUE
EN UN ACTE.

M. DCC. LII.

ACTEURS.

FERIDON, *Roi des Génies.*

ZEYN, *Roi de Cachemire.*

MOBAREC, *vieux Visir retiré de la Cour, & instruit dans l'Art Magique.*

REZIA, *Fille de Mobarec.*

PIERROT,
SCAPIN, } *Confidens du Roi.*

AMINE, *Maîtresse de Pierrot.*

ZACHI, *jeune Cachemirienne.*

MEROU, *Mere d'Anaïs.*

ANAIS, *Jeune Cachemirienne.*

NOUR, *Paysanne des environs de Cachemire.*

LOULOU, *Petite-Fille de Cachemire.*

TROUPE D'ESCLAVES *de l'un & de l'autre Sexe.*

La Scene est dans le Palais du Roi de Cachemire.

LE MIROIR

MAGIQUE,

OPERA COMIQUE

EN UN ACTE.

Le Théâtre repréſente la Façade de l'Appartement du Roi.

SCENE PREMIERE.

LE ROI, MOBAREC, PIERROT.

PIERROT.

AIR. *Pour paſſer doucement la vie.*

PRE'S une guerre cruelle,
Enfin nous voici dans ce jour,
Couverts d'une gloire immortelle,
A Cachemire de retour.

A iij

LE ROI.

AIR. *Monsieur le Prevôt des Marchands.*

Tout céde à l'effort de mon bras ;
Et mes fiers ennemis à bas ,
De la perte de trois batailles
Ne se releveront jamais.

PIERROT.

Nous avons réduit ces canailles ,
A venir demander la paix.

MOBAREC.

AIR. *Ne m'entendez-vous pas?*

Que de prospérités ,
Le Ciel comble mon Maître :
Daignez faire connoître ,
Seigneur , vos volontés.

LE ROI.

Mobarec , écoutez.

AIR. *La jeune Abbesse de ce lieu.*

J'ai de fréquentes visions ,
Toutes les nuits quand je sommeille ,
Et plein de leurs impressions ,
Je m'agite & je me réveille :
Tous les deux je vous fais appeller ,
Pour m'aider à les débrouiller.

OPERA COMIQUE.

AIR. *La Ceinture.*

Mobarec ici m'apprendra,
Si mes songes sont des mysteres,
Ou s'ils sont vains.

PIERROT.

Il vous dira
Que tous songes sont des chimeres.

LE ROI.

AIR. *Je ne suis né ni Roi ni Prince.*

Mon cher , je sçais bien que les songes
Pour la plûpart sont des mensonges :
Mais pour les songes que j'ai faits ,
N'en déplaise à ta défiance ,
Je les crois des avis secrets ,
D'une céleste intelligence.

AIR. *Je ne veux point troubler votre ignorance*

De tems en tems un vieillard vénérable ,
A mes regards se présente la nuit ,
Et me promet un sort incomparable ,
En dernier lieu voici ce qu'il m'a dit.

AIR. *Un Démon malicieux & fin.*

Cher Zeyn , je prétends en ce jour ,
Par un don te prouver mon amour ;
Il surpasse toutes les richesses . . . .
De Mobarec apprends la vérité ;
S'adressant au Visir.

A iv

LE MIROIR MAGIQUE,

Répondez, Vifir, dans ces promeffes,
Se trouve-t'il quelque réalité.

MOBAREC.

AIR. *Quand le péril eſt agréable.*

Par de frivoles rêveries,
Seigneur, vous n'êtes point déçû :
Le vieillard que vous avez vû,
Eſt le Roi des Génies.

LE ROI *à Mobarec.*

AIR. *Voulez-vous ſçavoir qui des deux.*

Que dites-vous ?

MOBAREC.
C'eſt Feridon.

PIERROT *au Roi.*

Ma foi, vous aviez bien raiſon.

MOBAREC.

C'eſt lui dont la main libérale
Rendit le feu Roi fortuné ;
Mais de ſes dons aucun n'égale
Celui qu'il vous a deſtiné.

LE ROI,

AIR. *On ne vit plus dans nos Forêts.*

Voilà donc mon doute éclairci,
Vifir, je vous fuis redevable ;
Mais je voudrois dès aujourd'hui

Avoir ce préſent admirable.
Il faut ici ſans plus tarder
A Feridon le demander.

MOBAREC.

AIR. *Je ne ſuis pas ſi diable que je ſuis noir.*

Modérez cette envie ,
Il ne faut pas , Seigneur ,
Prévenir le Génie ,
De crainte de malheur ;
Qui demande , le bleſſe !
Et jamais le feu Roi
N'eut cette hardieſſe.

LE ROI.

Je l'aurai , moi.

MOBAREC.

AIR. *Quand le péril eſt agréable.*

Eh bien ! il vous faut ſatisfaire ,
Seigneur , je vais le conjurer :
Hélas ! puiſſe-t'il ſe montrer
A nos yeux , ſans colere.

PIERROT *ſur le ton du dernier vers, &*
s'en allant.

Je vais vous laiſſer faire.

LE ROI *le retenant.*

AIR. *Quand je tiens de ce jus d'Octobre.*

Comment donc , Pierrot m'abandonne !

PIERROT.

De moi , vous vous passerez bien.

LE ROI.

Demeure ici , je te l'ordonne.

PIERROT.

Je meurs de peur.

LE ROI.

Va , ne crains rien.

MOBAREC.

'Air. *Le fameux Diogene.*

S'il nous est favorable ,
D'un homme très-aimable
La figure il prendra ;

PIERROT.

Et s'il n'est pas traitable.....

MOBAREC.

En Dragon formidable
Il nous apparoîtra.

PIERROT *tremblant crie.*

Ahi , ahi, ahi.

MOBAREC.

Air. *Des Folies d'Espagne.*

Calme tes sens , quand même le Génie
Plein de fureur s'offriroit devant nous ;
Je me souviens d'une cérémonie ,
Qui nous pourra préserver de ses coups.

Pierrot prend un air rassûré.

AIR. *De Joconde.*

D'un cercle ici je vais tracer
  La ronde Quadrature ;
Nous n'aurons qu'à nous y placer ,

PIERROT.

La place est-elle sûre ?

MOBAREC.

J'en reponds , on ne risque rien ,
  A moins que l'on n'en sorte.

PIERROT.

Pour moi si j'en sors , je veux bien
  Que le Diable m'emporte.

MOBAREC.

Fait la conjuration en traçant sur la terre avec de la craye un grand cercle dans lequel il se met avec le Roi & Pierrot. Il fait ensuite des contorsions de Cabaliste & marmote quelques mots extraordinaires , aussi-tôt la terre tremble , on entend un grand bruit , on voit des éclairs qui sont suivis d'un terrible coup de tonnerre .

PIERROT *saisi de frayeur.*

AIR. *Des Trembleurs d'Isis.*

Ah ! quel bruit épouvantable !
Quel hûrlement effroyable !
C'est fait de moi , misérable ,

MOBAREC.

Ne vous allarmez pas tant ;

PIERROT.

Du Dragon je crains la serre.

MOBAREC *d'un air riant.*

Non , je vois à ce tonnerre,
A ce tremblement de terre,
Que le Génie est content.

SCENE II.

LE ROI, MOBAREC, PIERROT, FERIDON, *sous la figure d'un bel homme, une Couronne sur la tête , descendu sur un Griffon.*

LE ROI *à Feridon le saluant profondément.*

AIR. *Quand le péril est agréable.*

DAIGNEZ , ô Souverain Génie,
Protéger Zeyn aujourd'hui,
Comme vous protégiez celui
Dont il reçut la vie.

FERIDON *au Roi.*

AIR. *Dans un Couvent bienheureux.*

En tréfors , en dignité,
Jamais tu n'eus ton semblable ;
Mais une compagne aimable ,
Manque à ta félicité.

PIERROT.

Nous avons plus d'une Belle
Qui préviendroit son desir.

FERIDON.

Oui, mais en ami fidele,
J'ai pris soin de la choisir.

AIR. *Je ne suis né ni Roi ni Prince.*

Il faut une fille bien née,
Qui passe sa vingtiéme année,
Qui soit chaste & qui n'ait jamais
Souhaité de cesser de l'être;

PIERROT.

Mais comment sçavoir si . . . .

FERIDON.

Je vais

Vous enseigner à la connoître.

PIERROT.

AIR. *Je reviendrai demain au soir.*

Bon! la plus simple, sur cela,
Toûjours nous trompera,
Toûjours nous trompera;

FERIDON *en donnant au Roi un Miroir.*

Faites-lui voir ce Miroir-ci,
Vous serez éclairci,
Vous serez éclairci.

AIR. *Nous autres bons Villageois.*

Vous pourrez compter d'avoir
Cette rare & chaste Fillette,
Quand la glace du Miroir
Se conservera pure & nette ;
Si sage elle n'a pas été,
Ou de fait ou de volonté,
Si-tôt qu'elle en approchera
Le Miroir se ternira.

PIERROT *sur le ton du dernier vers.*

Ce que souvent on verra.

FERIDON.

AIR. *Va-t'en voir s'ils viennent.*

* Allez commencer soudain,
Cette grande épreuve,
PIERROT.
Trouverons-nous à la fin
Cette Beauté neuve ?
FERIDON *au Roi.*
Oui, je veux qu'incessàmment
Vos desirs l'obtiennent.
Le Genie disparoît.
PIERROT.
Va-t'en voir s'ils viennent,
Jean ;
Va-t'en voir s'ils viennent.

SCENE III.

LE ROI, PIERROT, MOBAREC.

LE ROI.

AIR. *Robin turelure, lure,*

JE vais donc bien-tôt avoir
Ce prodige de nature,
Par le magique Miroir,

PIERROT.
Turelure ;

LE ROI.

Je l'obtiendrai, je t'aſſûre,

PIERROT.

Robin turelure, lure.

AIR. *Et lon, lan, la, ce n'eſt pas là.*

Où trouver dans Fillette nubile,
Ce Phœnix de chaſteté ?
Aujourd'hui cela n'eſt pas facile.

LE ROI.
J'en vois la difficulté ;
Mais dans ma Cour j'en puis découvrir une,

PIERROT.

Et lon, lan, la,
Ce n'eſt pas là,
Qu'on trouve cela,
Cependant tentons fortune.

LE ROI.

AIR. *De Joconde retourné.*

Tandis que dans ma Cour je vais
Essayer cette Glace,
Va publier à mes sujets,
Pierot, de place en place,
Mille sequins d'or à gagner,
Pour qui dans Cachemire
Pourra trouver & m'enseigner
L'Objet que je desire.

AIR. *La Ceinture.*

Vous, Visir, de votre côté,
N'épargnez rien, je vous l'ordonne,
Pour découvrir cette Beauté,
Qui doit partager ma Couronne.

SCENE IV.

PIERROT *seul à haute voix.*

AIR. *Je reviendrai demain au soir.*

MILLE sequins on donnera
A qui l'amenera,
A qui l'amenera ;
Petits & Grands écoutez-moi,
C'est de la part du Roi.
C'est de la part du Roi.

AIR.

AIR. *De Joconde.*

Sa Majesté fait à sçavoir ,
Qu'il lui faut une Fille ,
Qui dumoins vingt ans puisse avoir ,
Qui soit toute gentille ;
Dont la vertu n'ait point gauchi,
Fillette brune ou blonde ;
Qui n'ait pas encore réfléchi
Sur les choses du monde.

SCENE V.

PIERROT, AMINE.

AMINE.

AIR. *La mirtanplan, lantire larigo;*

ENFIN je revois Pierrot ,
Son retour m'enchante ,

PIERROT.

Pour te rejoindre au plûtôt
Ma chere Enfant , j'ai couru le galop.

AMINE.

Que j'en suis contente !

PIERROT.

AIR. *Boire à son tire , lire , lire;*

Nous avons du Printems ,
De l'Eté , de l'Automne ,
Passé tous les instans ,
Dans les bras de Bellonne ;

B

Le Dieu d'Amour,
Veut en ce jour,
Avoir son tire, lire, lire,
Avoir son toure, loure, loure,
Avoir son tour.

AMINE.

AIR. *Dondaine, dondaine.*

Ces neuf mois m'ont duré cent ans,

PIERROT.

Oh! pour moi, j'ai trouvé le tems
De même, de même,
Ah! qu'il est long,
Don, don,
Lorsque l'on aime!

AIR. *Ma raison s'en va beau rain.*

Mais est-il bien vrai, dis-moi,
Que tu m'as gardé ta foi?

AMINE.

Ma fidélité
A toûjours été
Exemplaire & parfaite.

PIERROT *en la regardant & hochant la tête.*

Tu m'as bien l'air d'avoir prêté....
L'oreille à la fleurette,
Lon la,
L'oreille à la fleurette.

AIR. *Quand la Bergere vient des champs.*

Tu ris en écoutant cela,
Je vois par-là,
Je vois par-là,

Que mes feux ont été trahis.

AMINE.

Tout au contraire ,
Je fuis fincére ,
Puifque je ris.

Air. *Oh ! Pierre , ô Pierre.*
Encor trois jours de guerre ,
Et c'étoit fait de moi ;

PIERROT.

Oh ! je ferois en terre ;

AMINE.

Je te jure ma foi ,
O Pierre , ô Pierre ,
J'étois morte fans toi.

Air. *Allons gai , toûjours gai.*
Ne parlons plus de peines ,
Oublions nos douleurs ;

PIERROT.

Par d'éternelles chaînes
Lions nos tendres cœurs ;

ENSEMBLE.

Allons gai , d'un air gai , &c.

SCENE VI.

PIERROT, AMINE, SCAPIN *portant une petite échelle & des affiches.*

PIERROT.

Air. *Perroquet mignon , dis-moi fans façon.*

SCAPIN , te voilà !
Et que tiens-tu là ?

B ij

Où vas-tu donc comme cela,
Avec ton échelle ?

SCAPIN.

Je vais chercher,
Afficher,
Dénicher
Cette sage femelle,
Qu'il faut pour le Roi;
J'ai ce bel emploi.

PIERROT.

AIR. *Du Cap de Bonne-Espérance.*

* Scapin affiche les Filles,
Je les tambourine moi

SCAPIN.

Ce n'est pas tout jarnombilles,
Il faut qu'ici pour le Roi,
Nous-même éprouvions les Belles
Et que toutes ces Femelles,
Devant nous viennent se voir,
Dans ce fidéle Miroir.

Il tire le Miroir de sa poche & le donne à Pierrot.

PIERROT.

AIR. *Que Dieu béniffe la befogne.*

* Sans doute que dans son Palais,
Il n'aura pas trouvé d'attraits,
A l'épreuve de cette Glace,
Et que d'effayer il se laffe.

SCAPIN.

Bon !

AIR. *Adieu paniers, vendanges font faites.*

Soit Demoifelles ou Soubrettes,
Il a fait mirer tour à tour,
Prefque tous les Minois de Cour ;
Adieu paniers vendanges font faites.

PIERROT.

AIR. *O reguingué, ô lon, lan, la.*

Oh ! ma foi, je lui difois bien,
Oh ! ma foi, je lui difois bien,
Qu'à la Cour il ne tenoit rien ;
O reguingué, ô lon, lan, la,

Regardant le Miroir & l'effuyant.

Mais comment voilà fur la Glace,
Plus d'un bon grand pouce de craffe !

AMINE.

AIR. *Tes beaux yeux ma Nicolle.*

Tous deux vous voulez rire,

PIERROT.

Non, le Roi veut avoir
Un Tendron qui fe mire,
Sans ternir ce Miroir ;
A la Cour entre mille,
Il n'en eft point.

SCAPIN.

Tant mieux,
Peut-être qu'à la ville
Nous ferons plus chanceux.

PIERROT.

AIR. *Sois complaifant, doux, affable, fincere.*
Si Feridon fe relachoit fur l'âge,
Cela pourroit nous donner du courage,

B iij

Mais ,
A vingt ans & davantage ,
Nous n'en trouverons jamais.

SCAPIN.

AIR. *Pour faire honneur à la nôce.*

Il faut pourtant faire ensorte ,
D'en trouver.

PIERROT.

C'est perdre le tems ;
Une Fillette de vingt ans
A l'haleine diablement forte ,

SCAPIN.

Il faut pourtant faire ensorte. . . .

PIERROT.

Nous allons perdre notre tems.

SCAPIN.

AIR. *Du Prevôt des Marchands.*

Tampis , car mille sequins d'or
Sont bons à gagner.

PIERROT.

Oui , d'accord ,
Mais la chose est bien casuelle ,
Il vaudroit beaucoup mieux avoir
Un sou marqué pour chaque Belle
Qui salira notre Miroir.

AMINE.

AIR. *Si dans le mal qui me possède.*

Vraiment , je te trouve admirable ,
De ne pas t'adresser à moi ,
Tandis que de la part du Roi
Tu cherches une Fille aimable ;

PIERROT.

Vous oubliez apparemment
Les circonstances. ...

AMINE.

Non, vraiment.

AIR. *Lanturelu, lanturelu.*

Vingt ans, c'est mon âge,
Et pour des appas,
Je crois qu'en partage ....

PIERROT.

Vous n'en manquez pas :
Mais on la veut sage,

AMINE.

N'ai-je pas de la vertu ?

PIERROT.

Lanturelu, lanturelu, lanturelu.

AMINE.

AIR. *Pour le Mariage, bon.*

Quoi ! tu pourrois soupçonner
La vertu de ta Maîtresse ?

PIERROT.

Parlons sans nous chicanner :
Vous avez de la sagesse,
Pour le nécessaire,
Bon,
Mais pour notre affaire,
Non.

AMINE.

AIR. *Le fameux Diogene.*

Ah ! quel terrible outrage !

PIERROT.

Oh ! point tant de tapage,

Lui montrant le Miroir.

LE MIROIR MAGIQUE,

Voyez-vous ce Miroir ?
La moindre peccadille,
Qu'a commise une Fille,
S'y fait appercevoir.

Amine montre un air d'étonnement.

SCAPIN.

AIR. *Est-ce ainsi qu'on prend les Belles.*

On fait mirer les pucelles,
Dans la Glace que voilà :
Elle se noircit pour celles
Qu'un desir fripon brûla,
C'est ainsi qu'on prend les Belles ;
Lon, lan, la,
O gué, lan, la.

AMINE.

AIR. *Vraiment ma Commere voire.*

Le desir en est aussi ?

PIERROT.

Oui dà, ma Commere, oui,

AMINE.

Et la Glace devient noire ?

PIERROT.

Vraiment ma Commere voire
Vraiment ma Commere oui.

AMINE.

AIR. *Talaleri, talaleri, talalerire.*

Sans balancer je m'y hazarde.

SCAPIN.

Vous avez l'air bien resolu,

AMINE *à Pierrot.*

Donnes-le moi,

PIERROT.

Prenez-y garde,

AMINE.

Donne donc.

Elle lui arrache le Miroir & elle le fait ternir en
s'y regardant.

PIERROT *avec un ris forcé.*

Vous l'avez voulu.

AMINE.

Eh bien ! par-là que veux-tu dire ?

PIERROT.

Talaleri , talaleri , talalerire.

AMINE.

AIR. *J'ai fait souvent raisonner ma Musette.*

Ce que t'apprend cette Glace badine ,
Te doit causer un plaisir infini ;
Qu'aurois-tu dit du cœur de ton Amine ,
Si le Miroir ne s'étoit pas terni ?

PIERROT.

AIR. *Jardinier ne vois-tu pas.*

Mais je crains que votre honneur
N'ait reçû quelque entorse :
Ventre bleu , quelle noirceur !

AMINE.

Vois par là de mon ardeur
La force , la force , la force.

PIERROT *hochant la tête.*

AIR. *Soit complaisant , doux , affable , sincére.*

A croire tout , ma tendresse m'oblige.

AMINE.

Tu me fais grace.

PIERROT.

Ah ! je te crois te dis-je ,

Moi ,
Mais tu n'es pas le prodige
Que nous cherchons pour le Roi.

AIR. *Laire la , laire , lan la.*

Il nous faudroit une Beauté
Qui n'eût jamais rien souhaité ,

AMINE.

Exprès on vous en fera faire ,
Laire la , laire , lan laire ,
Laire la , laire , lan la.

SCENE VII.

PIERROT, SCAPIN.

SCAPIN.

AIR. *Que chacun de nous se livre.*

J ARNI que pour les Fillettes ,
Ce Miroir est chatouilleux ;
De leurs fredaines secrettes ,
C'est un témoin dangereux ,

PIERROT.

Oui , mais un point m'embarasse ,
On ne peut avec clarté
Distinguer sur cette Glace ,
L'effet de la volonté.

SCAPIN.

AIR. *Belle brune , belle brune.*

Paix , silence ,
Paix , silence ,
Vois-tu quelle aimable Enfant ,
Vers nous en riant ,
S'avance ?

SCENE VIII.

SCAPIN, PIERROT, ZACHI.

PIERROT.

Air. *Ma belle Diguedi, ma belle Diguedon.*

EN ces lieux qui vous amene ?
Belle Diguedi, diguedon, dondaine,

ZACHI.

Le Roi veut se marier, dit-on,

SCAPIN.

Ma belle diguedi, ma belle diguedon ;

PIERROT.

Avez-vous votre vingtaine ?
Belle diguedi, diguedon dondaine.

ZACHI.

Air. *Lon, lan la derirette.*

Allez, j'ai tout ce qu'il me faut.

SCAPIN.

C'est ce que nous sçaurons bien-tôt.
Lon, lan la derirette.

PIERROT.

Voyez-vous dans ce Miroir-ci.
Lon, lan la deriri.

ZACHI.

AIR. *Quel plaifir de voir Claudine.*

C'eſt aſſez me faire entendre ,
Qu'il me manque des appas ;

SCAPIN.

Vous en avez à revendre ;

PIERROT.

Nous ne nous entendons pas.

AIR. *La curioſité.*

Vous avez au-delà du degré qu'on ſouhaite
La beauté ;
Mais il vous faut encore une vertu parfaite ,
La rareté ;
Sans quoi de vous mirer , n'ayez point ma Poulette
La curioſité.

Zachi fait paroître un air étonné.

SCAPIN.

AIR. *Quand le péril eſt agréabla.*

Notre Miroir a la puiſſance
De peindre le mal & le bien.

PIERROT.

Prenez-le ſi vous n'avez rien
Sur votre conſcience.

ZACHI *prenant le Miroir.*

AIR. *Laſſé de porter la Marmotte.*

Donnez , donnez , je vous ſupplie ,
J'ai moins de crainte que d'eſpoir :
Ne ſuis-je pas aſſez jolie ,
Pour ne pas rougir de me voir?

SCAPIN.

AIR. *Ahi, ahi, ahi, Jeannette.*
Sur la chose de l'honneur,
La glace est fort indiscrette,

ZACHI.

Vous ne me ferez point peur,
J'ai la conscience nette,
Elle se regarde & le Miroir se ternit.
PIERROT *d'un air mocqueur.*
Ahi, ahi, ahi.
SCAPIN.
Ahi, ahi, ahi, Brunette,
PIERROT.
Brunette, ahi, ahi, ahi.
ZACHI *d'un air de dépit.*

AIR. *Des Feuillantines.*
O Dieu ! le vilain Miroir,
Qu'il est noir !
Comment pouroit-on s'y voir !
SCAPIN.
Ah friponne que vous êtes !
On vous a, on vous a conté fleurettes,
ZACHI *en colere.*

AIR. *Ma raison s'en va beau train.*
Taisez-vous mauvais railleurs,
PIERROT.
Cherchez vos dupes ailleurs.
Nous avons bien vû
Que vous avez eu

Quelque gaillarde image ;
Et qu'il est dans votre vertu ,
Entré de l'alliage ,
Lon , la ,
Entré de l'alliage.

SCENE IX.

SCAPIN, PIERROT.

PIERROT.

AIR. *Ah ! quel drôle voilà.*

NARGUE d'une Fillette ,
D'un air si resolu ,
Lurelu.

SCAPIN.

Veux-tu d'une Poulette ,
Dont Scapin répondra !

PIERROT *d'un air mocqueur.*

Larela ,
Lurelu , larela , lirette ,
Quel est ce bijou là ?

SCAPIN.

AIR. *O reguingué, ô lon, lan la.*

En ce Tendron on trouvera ,
Beauté , Sagesse , & cetera ,
C'est.... une fille d'Opéra ?

PIERROT.

Fi donc !

SCAPIN.

Pourquoi cette grimace ?

PIERROT.

Tu veux donc voir petter la Glace ?

AIR. *L'occasion fait le larron.*

Scapin a là de belles connoissances ,
Si tu m'en crois , cours vîte la chercher ;

SCAPIN.

Je ne suis pas si dupe que tu penses ,
Je te laisse & vais afficher.

SCENE X.

PIERROT, ANAIS, MEROU,

PIERROT.

AIR. *Et allons donc jouez violons.*

ET moi pour le Miroir Magique ,
Je vais attendre ici pratique . . . .
En voici quelqu'une , je croi ,
Où courez-vous , ma bonne Mere ?

MEROU.

Hélas ! Monsieur , sans vous déplaire ,
Je vais offrir ma Fille au Roi ,

PIERROT.

Elle paroît d'un bon alloi ,
Toute propre à faire fortune ;

MÉROU.

Ah ! Monfieur, il n'en eft pas une,
Je vous le dis ; fans vanité,
Plus digne de Sa Majefté.

PIERROT.

AIR. *Quand le péril eft agréable.*

Elle eft ma foi des plus gentilles,
Je vais voir fi c'eft notre fait.

MEROU.

Pourquoi donc vous ?

PIERROT.

Le Roi ma fait
Son effayeur de Filles.

AIR. *Banniffons d'ici l'humeur noire.*

Il veut une vertu fi pure,
Que le cœur n'ait jamais fenti
D'amour la moindre égratignure,
Sur ce prenez votre parti.

ANAIS.

AIR. *Affis fur l'herbette.*

Mon ame peu tendre
Jufques à ce jour,
A fçû fe défendre
Des traits de l'Amour.

MEROU.

C'eft ce que fa Mere
Peut vous confirmer :
Ma Fille fçait plaire,
Sans fçavoir aimer.

PIERROT

PIERROT à *Anaïs*.

AIR. *Quand je tiens de ce jus d'Octobre.*

Avec cette pierre de touche,
je vais connoître en ce moment,
Si votre cœur & votre bouche
Ne parlent pas différemment.

AIR. *Vous m'entendez bien.*

Quand ce Miroir ne noircit point,
La Fille est sage de tout point ;
Mais si l'on n'y voit goute,

MEROU.

Hé bien ?

PIERROT.

La Belle aura sans doute . . . .
Vous m'entendez bien.

MEROU.

AIR. *J'avois juré de n'aimer de ma vie.*

Pour Anaïs, elle craint peu l'épreuve :
La pauvre Enfant, hélas ! est toute neuve.

PIERROT.

AIR. *Que n'aimez-vous cœurs insensibles.*

Nous l'allons voir
Dans cette Glace ;
Nous l'allons voir
Dans ce Miroir.

MEROU.

Vertu tient de son cœur toute la place,
En vain se promet-on de l'émouvoir.

C

PIERROT *ironiquement.*

Nous l'allons voir
Dans cette Glace ;
Nous l'allons voir
Dans ce Miroir.

MEROU.

Elle ne dément point sa race,
Elle n'aime que son devoir.

PIERROT *toûjours ironiquement.*

Nous l'allons voir
Dans cette Glace ;
Nous l'allons voir
Dans ce Miroir.

MEROU *à sa Fille.*

AIR. *Ton, relon, ton, ton.*

Avancez donc.

PIERROT.

Allons, Belle inhumaine,
De ce Miroir approchez le menton.

ANAIS.

Elle se regarde, le Miroir se ternit & elle dit à Pierrot
Vous mocquez-vous ? que la Glace est vilaine !

PIERROT.

Votre vertu jette un fort beau cotton,
Ton, relon, tonton, tontaine, la tontaine,
Ton, relon, tonton, tontaine, la tonton.

MEROU.

AIR. *Le fameux Diogene.*

Voyez, quelle insolence !

ANAIS.
J'en veux tirer vengeance,

PIERROT.
Est-ce ma faute à moi ?

ANAIS.
Il faut que je fracasse,
Cette maudite Glace,

PIERROT.
Songez qu'elle est au Roi.

SCENE XI.

SCAPIN, PIERROT, NOUR.

SCAPIN.
AIR. *Que faites-vous Marguerite.*

JE reviens en diligence,

PIERROT.
Pourquoi ce retour subit ?

SCAPIN.
Pour le Roi, la bonne chance !
J'ai trouvé la pie au nid.
AIR. *L'autre nuit j'apperçus en songe.*

Dans cette Fille de village,
Oui, je tiens notre vrai ballot ?
Ça, n'estimes-tu pas Pierrot,
Qu'elle a la mine d'être sage ?

PIERROT.
Oui da, mais la mine, dit-on,
Est bien sujette à caution.

C ij

NOUR.

AIR. *Bergeres de Maintenon.*

C'eſt dans nos bois qu'habite l'innocence.

PIERROT.

Je n'en crois rien.

NOUR.

D'où vient ?

PIERROT.

Quelle apparence !

Le Dieu d'Amour y fait ſa réſidence.

SCAPIN.

AIR. *Ouvrez-moi la porte,*

Aux lieux ſolitaires
Ce petit madré,
Avec les Bergeres
Eſt toûjours fouré.

NOUR.

AIR. *Gardons nos Moutons.*

Je fuis l'entretien des Garçons,
Je fuis toûjours feulette,
Aſſiſe à l'ombre des buiſſons,
Diſant la chanſonnette ;
Gardant mes moutons,
Lirette, liron,
Liron, liré, lirette.

SCAPIN.

AIR. *Ma mere mariez-moi.*

Ne croyez pas nous duper ;
On ne ſçauroit nous tromper.

PIERROT.

Nous avons un inſtrument
Qui nous met au fait. . . .

NOUR.

Parlez clairement :

SCAPIN.

Nous avons un inſtrument,
Qui nous fait voir quand on ment.

PIERROT *lui montrant le Miroir.*

AIR. *Oh, oh ! ah, ah !*

Par ce Miroir ſincére,
Bientôt nous apprendrons
Si vous ne ſçavez faire,
Que garder vos moutons ;

NOUR.

Oh, oh ! ah, ah !
Et pourquoi donc, comment cela ?

SCAPIN.

AIR. *Mirlababibobette.*

N'euſſiez-vous ſur votre vertu,
Mirlababibobette qu'un fêtu ;
La Glace qui d'abord eſt nette,
Mirlababi, ſarlababo, mirlababibobette,
Sarlababorita,
Se ternira.

Nour paroiſſant héſiter.

PIERROT *lui dit.*

AIR. *Bonſoir la Compagnie.*

Oh ! dame c'eſt à vous de voir
Sil vous convient, ma Mie,
De regarder dans ce Miroir.

C iij

NOUR *faisant la révérence & s'en allant.*
Bonsoir la Compagnie,
Bonsoir,
Bonsoir la Compagnie.
Scapin & Pierrot se mettent à rire de toutes leurs forces.

SCENE XII.

PIERROT, SCAPIN.

PIERROT.
Air. *Monsieur la Palisse.*

C'EST donc là notre balot !
Elle a peur de son haleine.
SCAPIN,
Pour trouver ce qu'il nous faut
Nous aurons bien de la peine.

SCENE XIII.

SCAPIN, PIERROT, LOULOU.

SCAPIN à *Pierrot.*
Air. *Qu'on apporte bouteille.*

QUE veut cette jeunesse ?
LOULOU.
Mes amis, dites-moi,
A qui faut-il que je m'adresse,
Pour devenir femme du Roi ?

SCAPIN.

AIR. *Les Filles de Nanterre.*

C'est à nous, ma Poulette,
Ah ! Pierrot que d'appas !

PIERROT.

Mais elle est trop jeunette,
Le Roi n'en voudra pas.

SCAPIN.

AIR. *Que j'estime mon cher voisin.*

Il faudra bien que tôt ou tard
Il rabatte sur l'âge.

PIERROT.

Nous devrions à tout hazard
Du Miroir faire usage.

AIR. *J'ai passé deux jours sans vous voir.*

Pour obtenir un si haut rang,
Il faut être bien sage.

LOULOU.

Oh ! je le suis bien à présent,
Je m'attache à l'ouvrage ;
Je ne fais plus depuis un an,
Endêver ma bonne Maman.

SCAPIN.

AIR. *Si l'on menoit à la guerre.*

Il ne s'agit pas, Brunette,
De cette sagesse-là,
N'avez-vous point d'amourette.

LOULOU.

Qu'est-ce que c'est que cela ?

C iv

PIERROT.

AIR. *Allons gai, d'un air gai, toûjours gai.*

Quand vous voyez un Drille
Bien fait & bien gentil,
Le petit cœur, ma Fille,
Jamais ne vous dit-il :
Allons gai, d'un air gai, toûjours gai?

LOULOU.

AIR. *Je reviendrai demain au soir.*

* Un beau Berger, grand, fait au tour,
Me poursuit chaque jour,
Me poursuit chaque jour;
Mais je m'enfuis quand je le voi,
Je ne sçais pas pourquoi,
Je ne sçais pas pourquoi.

SCAPIN *à Pierrot.*

AIR. *Ah! quel dommage, Martin.*

Tu vois qu'elle est sage,
Autant qu'il le faut,

PIERROT.

Que n'a-t-elle l'âge?

LOULOU.

J'ai treize ans bientôt,

PIERROT.

Ah ! quel dommage !

SCAPIN.

Ah! quel dommage Pierrot!
Pierrot, quel dommage !

AIR. *Hélas Maman.*

* A mon avis c'est l'innocence même,
Voit-on ailleurs tant d'ingénuité?

OPERA COMIQUE.

PIERROT.

Oui , je conviens que fa candeur eft extrême ,
Et notre Roi fans doute en feroit flatté.

SCAPIN.

Mon cher Pierrot , c'eft l'innocence même ,

PIERROT.

Eprouvons-la par curiofité.

SCAPIN.

AIR. *Ah ! c'eft un certain je fçais qu'eft-ce.*

Il n'en eft pas befoin , je croi ,

PIERROT.

Laiffe-moi faire , laiffe ;
Affûrons-nous de fa fageffe
Par le Miroir.

SCAPIN.

Contentes-toi.

PIERROT, *préfente le Miroir à Loulou qui fe regarde , & il dit :*

Ah ! j'y vois certain je ne fçais qu'eft-ce ?
Ah ! j'y vois certain je ne fçais quoi.

SCAPIN.

AIR. *Des Feuillantines.*

* Seroit-il poffible ?

PIERROT.

Tien ,
Vois-tu bien !

SCAPIN.

Ma foi , c'eft fi peu que rien.

PIERROT.

Si foible que foit la dofe ,
Ce rien là , ce rien là dit quelque chofe.

SCAPIN *riant.*

Hé , hé , hé , &c.

PIERROT.

AIR. *Il ne faut pas faire la sage.*

Ah ! petit Tendron, pour votre âge,
Vous n'êtes pas mal avancé.

SCAPIN.

L'Enfant aura pensé
Au Mari .. au mariage,
L'Enfant aura pensé
A fauter le foffé.

LOULOU.

AIR. *Dupont mon ami.*

* Dame oui, je voudrois que l'on me marie,

PIERROT.

C'eft ce vouloir là, cette fantaifie,
Qui vient de nous faire voir
Un brouillard fur le Miroir.

SCAPIN.

AIR. *N'y a pas de mal à ça.*

A l'Hymen, ma Mie,
Vous fongez déja ?

LOULOU.

Quel mal, je vous prie,,
Trouvez-vous donc là ?

SCAPIN.

N'y a pas de mal à ça,
N'y a pas de mal à ça.

LOULOU.

AIR. *Que j'eftime mon cher voifin.*

* Ma Mere en époufant Papa,
Fut-elle ridicule ?

PIERROT.

Non, mais le Roi sur ce point là ,
A beaucoup de scrupule.

SCAPIN.

AIR. *Ah ! je n'm'en souci'guère.*

Fillette qui veut faire
De même que sa Mere ,
Est pour lui sans appas.

LOULOU *d'un air fier.*

Ah ! je n'm'en souci'guère ,
J'y renonce en ce cas ,
Ah ! je ne m'en souci'pas.
Elle s'en va.

SCENE XIV.

SCAPIN, PIERROT.

PIERROT.

AIR. *Je ne suis né ni Roi ni Prince.*

POUR le coup je perds patience.

SCAPIN.

Ayons encore quelque espérance ;

PIERROT.

Scapin , j'en suis tout ahuri ,
De la derniere expérience ,
Et j'en tire *à fortiori*
Une terrible conséquence.

SCAPIN *sur le ton du dernier vers.*

Vraiment , n'a pas fait qui commence.

AIR. *Le fameux Diogene.*

* Parcourons Cachemire,
Et même tout l'Empire
De l'un à l'autre bout ;
Quoi , parmi tant de Belles ,
PIERROT.
Va , ma foi , les Femelles
Sont Femelles partout.

AIR. *Quel plaifir de voir Claudine.*

Pour une fi rare Fille ,
C'eft fe donner trop de foin ;
Et c'eft chercher une éguille
Dans une botte de foin.

SCENE XV.

LE ROI, PIERROT, SCAPIN.

LE ROI.

AIR. *On n'aime point dans nos Forêts,*

HE bien ! vos foins ont-ils pour moi ,
Fait quelque heureufe découverte ?
SCAPIN.
Seigneur , dans ce pénible emploi ,
Nous travaillons en pure perte ;
PIERROT.
Jufqu'ici nous n'avons pû voir ,
Que terniffeufes de Miroir.

LE ROI.

AIR. *Voulez-vous sçavoir qui des deux.*

Pour moi j'espere que bien-tôt
J'aurai la Beauté qu'il me faut ;
Mobarec ici va se rendre
Avec sa fille Rezia ;
Que ne devons-nous point attendre
Des leçons de cet homme-là ?

SCAPIN.

AIR. *Je passe la nuit & le jour.*

Il est vrai que loin de la Cour,
Il la retient depuis l'enfance.

PIERROT.

La solitude est un séjour
Propre à conserver l'innocence ;
Mais la Belle a du moins vingt ans,
C'est aux desirs que je l'attends,
Que je l'attends,
Que je l'attends ;
C'est aux desirs que je l'attends.

SCENE XVI & *derniere.*

LE ROI, PIERROT, SCAPIN, MOBAREC, REZIA, AMINE.

MOBAREC.

AIR. *Je vous avois cru belle.*

VOus demandiez ma Fille,
Vous la voyez, Seigneur,
Puisse-t'elle être assez sage & gentille,
Pour faire dès ce jour votre bonheur.

LE ROI.

AIR. *Ne m'entendez-vous pas.*

L'œil humain peut-il voir
Beauté plus raviffante ?

SCAPIN.

Elle eft toute innocente,

PIERROT.

Oh ! c'eft un à fçavoir ,
J'en croirai le Miroir.

MOBAREC *à fa Fille.*

AIR. *Quand le péril eft agréable.*

Rezia , votre Roi fouhaite ,
Qu'en ce Miroir miftérieux,
Vous vous regardiez....

LE ROI.

Ah ! grands Dieux ,
La Glace eft pure & nette.

PIERROT *étonné.*

AIR. *La bonne avanture ô gué.*

Mais je n'y vois en effet,
Point de terniffure ,

LE ROI.

Le Ciel remplit mon fouhait !

PIERROT.

Vous trouvez donc votre fait !
La bonne avanture ,
O gué ,
La bonne avanture.

REZIA.

AIR. *Dieu des ames.*

Quelle flamme,
Dans mon ame,
Se fait fentir en ce jour!
Je foûpire,
Je defire,
Quoi, feroit-ce de l'Amour?
Il redouble;
Je me trouble;
Cacherai-je à mon Vainqueur
Sa victoire,
Quand ma gloire
Eft d'accord avec mon cœur?

LE ROI.

AIR. *De tous les Capucins du monde.*

Dès ce jour, aimable Perfonne,
Vous partagerez ma Couronne,
REZIA.
Je mérite peu cet honneur.
LE ROI.
Que dans mon Palais on la mene,
Mes fujets feront leur bonheur
De la reconnoître pour Reine.

REZIA.

AIR. *La Fontaine de Jouvence.*

Non, tout l'éclat de la Couronne,
N'auroit aucun attrait pour moi,

S'il n'étoit joint à la Personne ;
Et quand pour vous j'engage ici ma foi ,
Croyez , Seigneur , que ce n'eſt pas au Roi ;
Mais à l'Amant que je me donne.

LE ROI.

AIR. *Amis ſans regretter Paris.*

Allons , que tout célebre ici
    Cette heureuſe avanture ,

PIERROT *à Amine.*

Et nous , marions-nous auſſi
    Par la même voiture.

FIN.

LE
ROSSIGNOL,

OPERA COMIQUE
EN UN ACTE,

DE MESSIEURS ******.

Représenté pour la premiere fois le 15 Septembre
1752, & jours suivans, jusqu'à la Clôture
du Théâtre du Faubourg Saint-Laurent ;

Et continué le 3 Février 1753, pour l'Ouverture
du Théâtre du Faubourg Saint-Germain.

Le prix est de 24 sols.

MDCCLIII.

www.ingramcontent.com/pod-product-compliance
Lightning Source LLC
Chambersburg PA
CBHW061706180626
46818CB00003B/1287